ポケット詩集 II

童話屋

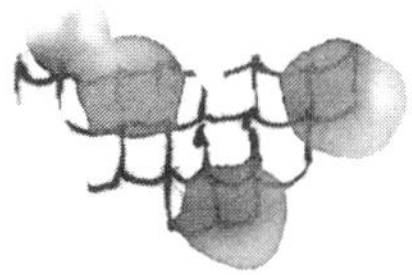

まえがき

編者　田中和雄

ぼくたちは昔からうたが好きです。歌も唄も和歌も俳句も詩も、みんなうたです。千年余も前に古今和歌集を編んだ紀貫之は序文のなかで、和歌のたねは人の心にある、人の心が言葉になって他の人に呼びかけていく。呼びかけられた人はまた自分の心をうたにしてお返しをする。うたは荒んだ人の心をやわらげ、男女の仲を睦まじくして、さらには天地をも動かしてしまう。人だけでなく、鳥や蛙や草や木だって、みんな生きる喜びをうたっている。つまり、みんなをやさしい気持ちにして、一つに和してしまう力がある——と書いています。

また詩人の茨木のり子さんは「詩のこころを読む」（岩波ジュニア新書）のなかで、いい詩には、ひとの心を解き放ってくれる力があり、また生きとし生けるものへの、いとおしみの感情をやさしく誘いだしてもくれる――と書いています。ぼくたちの心には、もともとやさしい気持ちがあって、いい詩を読むとそのやさしさが現れてくる、というのですね。

みんながやさしい気持ちになって、和というものを尊ぶというのは、日本人の先祖が昔から大事にしてきたことです。山に木を植え、田の水を村中で分け合い、お米を主食にして生きてきた日本人は、洪水などの自然の暴威にもへこたれず、むしろ手懐けてしまうというやさしい知恵を持ち合わせていました。

子どもたち、いい詩を読みなさい。いい詩というのは、詩人が自分の思いをどこまでも深く掘りさげて普遍（ほんとうのこと）にまで届いた、志の高い詩のことです。

いい詩を読んで、日本中の人たちがいまいちど本来のやさしい気持ちに立ち返って、この世界のみんなと一つに和することができたら、どんなに幸せなことでしょう。

目次

装丁・画　島田光雄

ポケット詩集 II

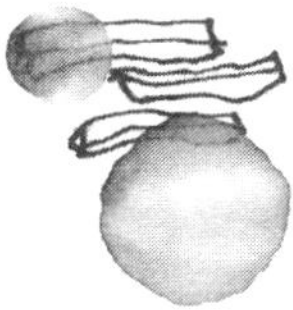

道程《どうてい》

高村光太郎《たかむらこうたろう》

僕《ぼく》の前《まえ》に道《みち》はない
僕《ぼく》の後《うし》ろに道《みち》は出来《でき》る
ああ、自然《しぜん》よ
父《ちち》よ
僕《ぼく》を一人立《ひとりだ》ちにさせた広大《こうだい》な父《ちち》よ

僕《ぼく》から目《め》を離《はな》さないで守《まも》る事《こと》をせよ
常《つね》に父《ちち》の気《き》魄《はく》を僕《ぼく》に充《み》たせよ
この遠《とお》い道程《どうてい》のため
この遠《とお》い道程《どうてい》のため

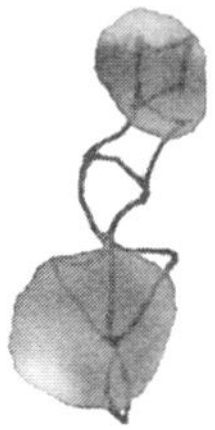

二十億光年《おくこうねん》の孤独《こどく》

谷川俊太郎《たにかわしゅんたろう》

人類《じんるい》は小《ちい》さな球《きゅう》の上《うえ》で
眠《ねむ》り起《お》きそして働《はたら》き
ときどき火星《かせい》に仲間《なかま》を欲《ほ》しがったりする

火星人《かせいじん》は小《ちい》さな球《きゅう》の上《うえ》で
何《なに》をしてるか　僕《ぼく》は知《し》らない
（或《あるい》はネリリし　キルルし　ハララしているか）

しかしときどき地球《ちきゅう》に仲間《なかま》を欲《ほ》しがったりする
それはまったくたしかなことだ

万有引力《ばんゆういんりょく》とは
ひき合《あ》う孤《こ》独《どく》の力《ちから》である

宇宙《うちゅう》はひずんでいる
それ故《ゆえ》みんなはもとめ合《あ》う

宇宙《うちゅう》はどんどん膨《ふく》らんでゆく
それ故《ゆえ》みんなは不《ふ》安《あん》である

二十億光年《おくこうねん》の孤独《こどく》に
僕《ぼく》は思《おも》わずくしゃみをした

山林《さんりん》に自由存《じゆうそん》す

国木田独歩《くにきだどっぽ》

山林《さんりん》に自由存《じゆうそん》す
われ此句《このく》を吟《ぎん》じて血《ち》のわくを覚《おぼ》ゆ
嗚呼《ああ》山林《さんりん》に自由存《じゆうそん》す
いかなればわれ山林《さんりん》をみすてし

あくがれて虚栄《きょえい》の途《と》にのぼりしより
十年《ととせ》の月日《つきひ》塵《ちり》のうちに過《す》ぎぬ
ふりさけ見《み》れば自由《じゆう》の里《さと》は

すでに雲山千里《うんざんせんり》の外《そと》にある心地《ここち》す
眥《まなじり》を決《けっ》して天外《てんがい》を望《のぞ》めば
おちかたの高峰《たかね》の雪《ゆき》の朝日《あさひ》影《かげ》
嗚呼《ああ》山林《さんりん》に自由存《じゆうそん》す
われ此句《このく》を吟《ぎん》じて血《ち》のわくを覚《おぼ》ゆ

なつかしきわが故郷《こきょう》は何処《いずこ》ぞや
彼処《かしこ》にわれは山林《さんりん》の児《こ》なりき
顧《かえり》みれば千里《せんり》江山《こうざん》
自由《じゆう》の郷《さと》は雲底《うんてい》に没《ぼっ》せんとす

六月《がつ》

茨木《いばらぎ》のり子《こ》

どこかに美《うつく》しい村《むら》はないか
一日《いちにち》の仕事《しごと》の終《おわ》りには一杯《いっぱい》の黒麦酒《くろビール》
鍬《くわ》を立《た》てかけ　籠《かご》を置《お》き
男《おとこ》も女《おんな》も大《おお》きなジョッキをかたむける

どこかに美《うつく》しい街《まち》はないか
食《た》べられる実《み》をつけた街路樹《がいろじゅ》が

どこまでも続《つづ》き　すみれいろした夕暮《ゆうぐれ》は
若者《わかもの》のやさしいさざめきで満《み》ち満《み》ちる

どこかに美《うつく》しい人《ひと》と人《ひと》との力《ちから》はないか
同《おな》じ時代《じだい》をともに生《い》きる
したしさとおかしさとそうして怒《いか》りが
鋭《するど》い力《ちから》となって　たちあらわれる

雲《くも》の信号《しんごう》

宮沢賢治《みやざわけんじ》

あゝいゝな、せいせいするな
風《かぜ》が吹《ふ》くし
農具《のうぐ》はぴかぴか光《ひか》っているし
山《やま》はぼんやり
岩頸《がんけい》だって岩鐘《がんしょう》だって
みんな時間《じかん》のないころのゆめをみているのだ

そのとき雲《くも》の信号《しんごう》は
もう青白《あおじろ》い春《はる》の
禁慾《きんよく》のそら高《たか》く掲《かか》げられていた
山《やま》はぼんやり
きっと四本杉《よんほんすぎ》には
今夜《こんや》は雁《かり》もおりてくる

花《はな》

村野《むらの》四郎《しろう》

いちりんの花《はな》をとって
その中《なか》を　ごらんなさい
じっと　よく見《み》てごらんなさい
花《はな》の中《なか》に町《まち》がある
黄金《きん》にかがやく宮殿《きゅうでん》がある
人《ひと》がいく道《みち》がある　牧場《ぼくじょう》がある
みんな　いいにおいの中《なか》で
愛《あい》のように　ねむっている

ああ　なんという美《うつく》しさ
なんという平和《へいわ》な世界《せかい》
大自然《だいしぜん》がつくりだした
こんな小《ちい》さなものの中《なか》にも
みちみちている清《きよ》らかさ

この花《はな》の　けだかさを
生《う》まれたままの美《うつく》しさを
いつまでも　心《こころ》の中《なか》にもって
花《はな》のように
私《わたくし》たちは生《い》きよう

素朴《そぼく》な琴《こと》

八木重吉《やぎじゅうきち》

この明《あか》るさのなかへ
ひとつの素朴《そぼく》な琴《こと》をおけば
秋《あき》の美《うつく》しさに耐《た》えかねて
琴《こと》はしずかに鳴《な》りいだすだろう

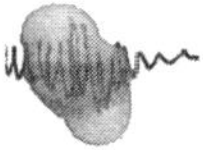

ひとり林《はやし》に……

立原道造《たちはらみちぞう》

だれも　見《み》ていないのに
咲《さ》いている　花《はな》と花《はな》
だれも　きいていないのに
啼《な》いている　鳥《とり》と鳥《とり》
通《とお》りおくれた雲《くも》が　梢《こずえ》の
空《そら》たかく　ながされて行《い》く

青《あお》い青《あお》いあそこには　風《かぜ》が
さやさや　すぎるのだろう

草《くさ》の葉《は》には　草《くさ》の葉《は》のかげ
うごかないそれの　ふかみには
てんとうむしが　ねむっている

うたうような沈黙《しじま》に　ひたり
私《わたし》の胸《むね》は　溢《あふ》れる泉《いずみ》！　かたく
脈打《みゃくう》つひびきが時《とき》を　すすめる

われは草《くさ》なり

高見《たかみ》　順《じゅん》

われは草《くさ》なり
伸《の》びんとす
伸《の》びられるとき
伸《の》びんとす
伸《の》びられぬ日《ひ》は
伸《の》びぬなり
伸《の》びられる日《ひ》は
伸《の》びるなり

われは草《くさ》なり
緑《みどり》なり
全身《ぜんしん》すべて
緑《みどり》なり
毎年《まいとし》かわらず
緑《みどり》なり
緑《みどり》の己《おの》れに
あきぬなり
われは草《くさ》なり
緑《みどり》なり

緑《みどり》の深《ふか》きを
願《ねが》うなり

あゝ　生《い》きる日《ひ》の
美《うつく》しき
あゝ　生《い》きる日《ひ》の
楽《たの》しさよ
われは草《くさ》なり
生《い》きんとす
草《くさ》のいのちを
生《い》きんとす

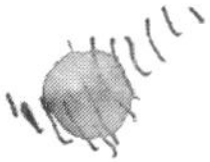

うさぎ

まど・みちお

うさぎに　うまれて
うれしい　うさぎ
はねても
はねても
はねても
はねても
うさぎで　なくなりゃしない

うさぎに　うまれて
うれしい　うさぎ
とんでも
とんでも
とんでも
とんでも
くさはら　なくなりゃしない

生《い》きる

谷川俊太郎《たにかわしゅんたろう》

生《い》きているということ
いま生《い》きているということ
それはのどがかわくということ
木《こ》もれ陽《び》がまぶしいということ
ふっと或《あ》るメロディを思《おも》い出《だ》すということ
くしゃみすること
あなたと手《て》をつなぐこと

生《い》きているということ
いま生《い》きているということ
それはミニスカート
それはプラネタリウム
それはヨハン・シュトラウス
それはピカソ
それはアルプス
すべての美《うつく》しいものに出会《であ》うということ
そして
かくされた悪《あく》を注意深《ちゅういぶか》くこばむこと

生《い》きているということ
いま生《い》きているということ
泣《な》けるということ
笑《わら》えるということ
怒《おこ》れるということ
自由《じゆう》ということ

生《い》きているということ
いま生《い》きているということ
いま遠《とお》くで犬《いぬ》が吠《ほ》えるということ

いま地球《ちきゅう》が廻《まわ》っているということ
いまどこかで産声《うぶごえ》があがるということ
いまどこかで兵士《へいし》が傷《きず》つくということ
いまぶらんこがゆれているということ
いまいまが過《す》ぎてゆくこと

生《い》きているということ
いま生《い》きているということ
鳥《とり》ははばたくということ
海《うみ》はとどろくということ
かたつむりははうということ

人《ひと》は愛《あい》するということ
あなたの手《て》のぬくみ
いのちということ

春《はる》の問題《もんだい》

辻《つじ》　征夫《ゆきお》

また春《はる》になってしまった
これが何回《なんかい》めの春《はる》であるのか
ぼくにはわからない
人類出現前《じんるいしゅつげんまえ》の春《はる》もまた
春《はる》だったのだろうか
原始時代《げんしじだい》には　ひとは
これが春《はる》だなんて知《し》らずに
(ただ要《よう》するにいい、まなのだと思《おも》って)

そこらにやたらに咲《さ》く春《はる》の花《はな》を
ぼんやり　原始的《げんしてき》な眼《め》つきで
眺《なが》めていたりしたのだろうか
微風《びふう》にひらひら舞《ま》い落《お》ちるちいさな花《はな》
あるいはドサッと頭上《ずじょう》に落下《らっか》する巨大《きょだい》な花《はな》
ああこの花々《はなばな》が主食《しゅしょく》だったらくらしはどんなにらくだろう
どだいおれに恐龍《きょうりゅう》なんかが
殺《ころ》せるわけがないじゃないか　ちきしょう
などと原始語《げんしご》でつぶやき
石斧《せきふ》や　棍棒《こんぼう》などにちらと眼《め》をやり
膝《ひざ》をかかえてかんがえこむ

そんな男《おとこ》もいただろうか
でもしかたがないやがんばらなくちゃと
かれがまた洞窟《どうくつ》の外《そと》の花々《はなばな》に眼《め》をもどすと……
おどろくべし！
そのちょっとした瞬間《しゅんかん》に
日《ひ》はすでにどっぷりと暮《く》れ
鼻先《はなさき》まで　ぶあつい闇《やみ》と
亡霊《ぼうれい》のマンモスなどが
鬼気《きき》迫《せま》るように
迫《せま》っていたのだ
髯《ひげ》や鬚《ひげ》の

原始時代《げんしじだい》の
原始人《げんしじん》よ
不安《ふあん》や
いろんな種類《しゅるい》の
おっかなさに
よくぞ耐《た》えてこんにちまで
生《い》きてきたなと誉《ほ》めてやりたいが
きみは
すなわちぼくで
ぼくはきみなので
自画自賛《じがじさん》はつつしみたい

帰郷《ききょう》

谷川俊太郎《たにかわしゅんたろう》

私《わたし》が生《う》まれた時《とき》
私《わたし》の重《おも》さだけ地《ち》が泣《な》いた
私《わたし》は　少量《しょうりょう》の天《てん》と地《ち》でつくられた
別《べつ》に息《いき》をふきかけないでもよかった
天《てん》も地《ち》も生《い》きていたから

私《わたし》が生《う》まれた時《とき》
庭《にわ》の栗《くり》の木《き》が一寸《ちょっと》ふり向《む》いた

私《わたし》は一瞬《いっしゅんな》泣きやんだ
別《べつ》に天使《てんし》が木《き》をゆすぶった訳《わけ》でもない
私《わたし》と木《き》とは兄弟《きょうだい》だったのだから

私《わたし》が生《う》まれた時《とき》
世界《コスモス》は忙《いそが》しい中《なか》を微笑《ほほえ》んだ
私《わたし》は直《ただ》ちに幸《しあわ》せを知《し》った
別《べつ》に人《ひと》に愛《あい》されたからでもない
私《わたし》は只《ただ》世界《コスモス》の中《なか》に生《い》きるすばらしさに気《き》づいたのだ

やがて死《し》が私《わたし》を古《ふる》い秩序《ちつじょ》にくり入《い》れる
それが帰《かえ》ることなのだ……

初節句《はつぜっく》

大木《おおき》　実《みのる》

ことしはおまえの初節句《はつぜっく》だ
太郎《たろう》
おまえは稚《おさな》くてまだ睡《ねむ》ってばかりいるけれど
屋根《やね》のうえでからからと鳴《な》っている
あの矢車《やぐるま》のさわやかな音《おと》をおまえも聴《き》くか

貧《まず》しい父《とう》さんは
おまえに金太郎《きんたろう》をひとつ祝《いわ》おう
腹掛《はらが》けひとつで熊《くま》を友達《ともだち》にして遊《あそ》んだ　足柄山《あしがらやま》の少年《しょうねん》
あの金太郎《きんたろう》が父《とう》さんは好《す》きだ

軒《のき》を菖蒲《しょうぶ》で葺《ふ》き
武者人形《むしゃにんぎょう》を飾《かざ》って柏餅《かしわもち》を食《た》べる
端午《たんご》の節句《せっく》は
日本《にほん》の男《おとこ》の子《こ》達《たち》の年《ねん》にいちどの愉《たの》しいお祭《まつ》り
日本《にほん》の男《おとこ》の子《こ》達《たち》の誕生日《たんじょうび》だ

私達《わたしたち》の祖先《そせん》は勇《いさま》しく優《やさし》かった
私達《わたしたち》の国《くに》は美《うつく》しい
太郎《たろう》
父《とう》さんはおまえに菖蒲《しょうぶ》の笛《ふえ》を聴《き》かせよう

雪《ゆき》

三好達治《みよしたつじ》

太郎《たろう》を眠《ねむ》らせ、太郎《たろう》の屋根《やね》に雪《ゆき》ふりつむ。
次郎《じろう》を眠《ねむ》らせ、次郎《じろう》の屋根《やね》に雪《ゆき》ふりつむ。

父《ちち》

吉野《よしの》　弘《ひろし》

何故《なぜ》　生《う》まれねばならなかったか。

子供《こども》が　それを父《ちち》に問《と》うことをせず
ひとり耐《た》えつづけている間《あいだ》
父《ちち》は　きびしく無視《むし》されるだろう。
そうして　父《ちち》は
耐《た》えねばならないだろう。

子供《こども》が　彼《かれ》の生《せい》を引受《ひきう》けようと
決意《けつい》するときも　なお
父《ちち》は　やさしく避《さ》けられているだろう。
父《ちち》は　そうして
やさしさにも耐《た》えねばならないだろう。

儀式《ぎしき》

石垣《いしがき》りん

母親《ははおや》は
白《しろ》い割烹着《かっぽうぎ》の紐《ひも》をうしろで結《むす》び
板敷《いたじき》の台所《だいどころ》におりて
流《なが》しの前《まえ》に娘《むすめ》を連《つ》れてゆくがいい。

洗《あら》い桶《おけ》に
木《き》の香《か》のする新《あたら》しいまないたを渡《わた》し
鰹《かつお》でも

鯛《たい》でも
鰈《かれい》でも
よい。
丸《まる》ごと一匹《いっぴき》の姿《すがた》をのせ
よく研《と》いだ庖丁《ほうちょう》をしっかり握《にぎ》りしめて
力《ちから》を手《て》もとに集《あつ》め
頭《あたま》をブスリと落《おと》すことから
教《おし》えなければならない。
その骨《ほね》の手応《てごた》えを
血《ち》のぬめりを
成長《せいちょう》した女《おんな》に伝《つた》えるのが母《はは》の役目《やくめ》だ。

パッケージされた肉《にく》の片々《へんぺん》を材料《ざいりょう》と呼《よ》び
料理《りょうり》は愛情《あいじょう》です、
などとやさしく諭《さと》すまえに。
長《なが》い間《あいだ》
私《わたし》たちがどうやって生《い》きてきたか。
どうやってこれから生《い》きてゆくか。

生命《いのち》は

吉野《よしの》　弘《ひろし》

生命《いのち》は
自分自身《じぶんじしん》だけでは完結《かんけつ》できないように
つくられているらしい
花《はな》も
めしべとおしべが揃《そろ》っているだけでは
不充分《ふじゅうぶん》で
虫《むし》や風《かぜ》が訪《おとず》れて

めしべとおしべを仲立《なかだ》ちする
生命《いのち》は
その中《なか》に欠如《けつじょ》を抱《いだ》き
それを他者《たしゃ》から満《み》たしてもらうのだ

世界《せかい》は多分《たぶん》
他者《たしゃ》の総和《そうわ》
しかし
互《たが》いに
欠如《けつじょ》を満《み》たすなどとは
知《し》りもせず

知《し》らされもせず
ばらまかれている者同士《ものどうし》
無関心《むかんしん》でいられる間柄《あいだがら》
ときに
うとましく思《おも》うことさえも許《ゆる》されている間柄《あいだがら》
そのように
世界《せかい》がゆるやかに構成《こうせい》されているのは
なぜ?

花《はな》が咲《さ》いている
すぐ近《ちか》くまで

虻《あぶ》の姿《すがた》をした他者《たしゃ》が
光《ひかり》をまとって飛《と》んできている

私《わたし》も　あるとき
誰《だれ》かのための虻《あぶ》だったろう

あなたも　あるとき
私《わたし》のための風《かぜ》だったかもしれない

僕《ぼく》はまるでちがって

黒田《くろだ》三郎《さぶろう》

僕《ぼく》はまるでちがってしまったのだ
なるほど僕《ぼく》は昨日《きのう》と同《おな》じネクタイをして
昨日《きのう》と同《おな》じように貧乏《びんぼう》で
昨日《きのう》と同《おな》じように何《なん》にも取柄《とりえ》がない
それでも僕《ぼく》はまるでちがってしまったのだ
なるほど僕《ぼく》は昨日《きのう》と同《おな》じ服《ふく》を着《き》て
昨日《きのう》と同《おな》じように飲《の》んだくれで
昨日《きのう》と同《おな》じように不器用《ぶきよう》にこの世《よ》に生《い》きている

それでも僕《ぼく》はまるでちがってしまったのだ
ああ
薄笑《うすわら》いやニヤニヤ笑《わら》い
口《くち》を歪《ゆが》めた笑《わら》いや馬鹿《ばか》笑《わら》いのなかで
僕《ぼく》はじっと眼《め》をつぶる
すると
僕《ぼく》のなかを明日《あす》の方《ほう》へとぶ
白《しろ》い美《うつく》しい蝶《ちょう》がいるのだ

葉月《はづき》

阪田寛夫《さかたひろお》

こんやは二時間《じかん》も待《ま》ったに
なんで来《き》てくれなんだのか
おれはほんまにつらい
あんまりつらいから
関西線《かんさいせん》にとびこんで死《し》にたいわ
そやけどあんたをうらみはせんで

あんたはやさしいて
ええひとやから
ころしたりせえへん
死《し》ぬのんはわしの方《ほう》や
あんたは心《こころ》がまっすぐして
おれは大《おお》まがり
さりながら
わいのむねに穴《あな》あいて
風《かぜ》がすかすか抜《ぬ》けよんねん
つべとうて
くるしいて

まるでろうやにほりこまれて
電気《でんき》ぱちんと消《け》されたみたいや
ほんまに切《せつ》ない　お月《つき》さん
——お月《つき》さん　やて
あほうなことを云《い》いました
さいなら　わしゃもうあかへん
死《し》なんでおれへん
電車《でんしゃ》がええのや
ガーッときたら
ギョキッと首《くび》がこんころぶわ
そやけど

むかしから
女《おんな》に二時間《じかん》待《ま》たされたからて
死《し》んだ男《おとこ》がおるやろか
それを思《おも》うとはずかしい

ふゆのさくら

新川《しんかわ》和江《かずえ》

おとことおんなが
われなべにとじぶたしきにむすばれて
つぎのひからはやぬかみそくさく
なっていくのはいやなのです
あなたがしゅろうのかねであるなら
わたくしはそのひびきでありたい

あなたがうたのひとふしであるなら
わたくしはそのついくでありたい
あなたがいっこのれもんであるなら
わたくしはかがみのなかのれもん
そのようにあなたとしずかにむかいあいたい
たましいのせかいでは
わたくしもあなたもえいえんのわらべで
そうしたおままごともゆるされてあるでしょう
しめったふとんのにおいのする
まぶたのようにおもたくひさしのたれさがる
ひとつやねのしたにすめないからといって

なにをかなしむひつようがありましょう
ごらんなさいだいりびなのように
わたくしたちがならんですわったござのうえ
そこだけあかるくくれなずんで
たえまなくさくらのはなびらがちりかかる

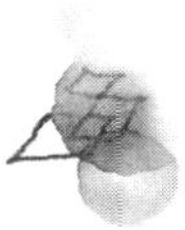

夕方《ゆうがた》の三十分《ぷん》

黒田《くろだ》三郎《さぶろう》

コンロから御飯《ごはん》をおろす
卵《たまご》を割《わ》ってかきまぜる
合間《あいま》にウィスキイをひと口《くち》飲《の》む
折紙《おりがみ》で赤《あか》い鶴《つる》を折《お》る
ネギを切《き》る
一畳《じょう》に足《た》りない台所《だいどころ》につっ立《た》ったままで
夕方《ゆうがた》の三十分《ぷん》

僕《ぼく》は腕《うで》のいい女中《じょちゅう》で
酒飲《さけの》みで
オトーチャマ
小《ちい》さなユリの御機嫌《ごきげん》とりまで
いっぺんにやらなきゃならん
半日他人《はんにちたにん》の家《いえ》で暮《くら》したので
小《ちい》さなユリはいっぺんにいろんなことを言《い》う

「ホンヨンデェ　オトーチャマ」
「コノヒモホドイテェ　オトーチャマ」

「ココハサミデキッテェ　オトーチャマ」
卵焼《たまごやき》をかえそうと
一心不乱《いっしんふらん》のところに
あわててユリが駈《か》けこんでくる
「オシッコデルノー　オトーチャマ」

だんだん僕《ぼく》は不機嫌《ふきげん》になってくる
味《あじ》の素《もと》をひとさじ
フライパンをひとゆすり
ウィスキイをがぶりとひと口《くち》
だんだん小《ちい》さなユリも不機嫌《ふきげん》になってくる

「ハヤクココキッテヨォ　オトー」
「ハヤクー」

癇癪《かんしゃく》もちの親爺《おやじ》が怒鳴《どな》る
「自分《じぶん》でしなさい　自分《じぶん》でェ」
癇癪《かんしゃく》もちの娘《むすめ》がやりかえす
「ヨッパライ　グズ　ジジイ」
親爺《おやじ》が怒《おこ》って娘《むすめ》のお尻《しり》を叩《たた》く
小《ちい》さなユリが泣《な》く
大《おお》きな大《おお》きな声《こえ》で泣《な》く

それから
やがて
しずかで美《うつく》しい時間《じかん》が
やってくる
親爺《おやじ》は素直《すなお》にやさしくなる
小《ちい》さなユリも素直《すなお》にやさしくなる
食卓《しょくたく》に向《む》かい合《あ》ってふたり坐《すわ》る

森《もり》の若葉《わかば》

金子《かねこ》光晴《みつはる》

なつめにしまっておきたいほど
いたいけな孫《まご》むすめがうまれた
新緑《しんりょく》のころにうまれてきたので
「わかば」という　名《な》をつけた

へたにさわったらこわれそうだ
神《かみ》も　悪魔《あくま》も手《て》がつけようない

小《ちい》さなあくびと　小《ちい》さなくさめ
それに小《ちい》さなしゃっくりもする

君《きみ》が　年《とし》ごろといわれる頃《ころ》には
も少《すこ》しいい日本《にほん》だったらいいが

なにしろいまの日本《にほん》といったら
あんぽんたんとくるまばかりだ

しょうひちりきで泣《な》きわめいて
それから　小《ちい》さなおならもする
森《もり》の若葉《わかば》よ　小《ちい》さなまごむすめ
生《うま》れたからはのびずばなるまい

ほほえみ

川崎《かわさき》　洋《ひろし》

ビールには枝豆《えだまめ》
カレーライスには福神漬《ふくじんづ》け
夕焼《ゆうや》けには赤《あか》とんぼ
花《はな》には嵐《あらし》
サンマには青《あお》い蜜柑《みかん》の酸《す》
アダムにはいちじくの葉《は》

青空《あおぞら》には白鳥《はくちょう》
ライオンには縞馬《しまうま》
富士山《ふじさん》には月見草《つきみそう》
塀《へい》には落書《らくがき》
やくざには唐獅子牡丹《からじしぼたん》
花見《はなみ》にはけんか
雪《ゆき》にはカラス
五寸釘《ごすんくぎ》には藁人形《わらにんぎょう》

ほほえみ　には　ほほえみ

人間《にんげん》に与《あた》える詩《し》

山村暮鳥《やまむらぼちょう》

そこに太《ふと》い根《ね》がある
これをわすれているからいけないのだ
腕《うで》のような枝《えだ》をひっ裂《さ》き
葉《は》っぱをふきちらし
頑丈《がんじょう》な樹幹《みき》をへし曲《ま》げるような大風《おおかぜ》の時《とき》ですら
まっ暗《くら》な地《じ》べたの下《した》で
ぐっと踏張《ふんば》っている根《ね》があると思《おも》えば何《なん》でもないのだ

それでいいのだ
そこに此《こ》の壮麗《そうれい》がある
樹木《じゅもく》をみろ
大木《たいぼく》をみろ
このどっしりとしたところはどうだ

雁《かり》

千家元麿《せんげもとまろ》

暖《あたたか》い静《しず》かな夕方《ゆうがた》の空《そら》を
百羽《ぱ》ばかりの雁《かり》が
一列《れつ》になって飛《と》んで行《い》く
天《てん》も地《ち》も動《うご》か無《な》い静《しず》かな景色《けしき》の中《なか》を、不思議《ふしぎ》に黙《だま》って
同《おな》じ様《よう》に一《ひと》つ一《ひと》つセッセと羽《はね》を動《うご》かして
黒《くろ》い列《れつ》をつくって
静《しず》かに音《おと》も立《た》てずに横切《よこぎ》ってゆく
側《そば》へ行《い》ったら翅《はね》の音《おと》が騒《さわ》がしいのだろう

息切《いきぎ》れがして疲《つか》れて居《い》るのもあるのだろう
だが地上《ちじょう》にはそれは聞《きこ》えない
彼等《かれら》は皆《み》んなが黙《だま》って、心《こころ》でいたわり合《あ》い助《たす》け合《あ》って飛《と》んでゆく。
前《まえ》のものが後《あと》になり、後《うし》ろの者《もの》が前《まえ》になり
心《こころ》が心《こころ》を助《たす》けて、セッセセッセと
勇《いさ》ましく飛《と》んで行《い》く。

その中《なか》には親子《おやこ》もあろう、兄弟姉妹《きょうだいしまい》も友人《ゆうじん》もあるにちがいない
この空気《くうき》も柔《やわら》いで静《しず》かな風《かぜ》のない夕方《ゆうがた》の空《そら》を選《えら》んで、
一団《いちだん》になって飛《と》んで行《い》く
暖《あたたか》い一団《いちだん》の心《こころ》よ。

天《てん》も地《ち》も動《うご》かない静《しず》かさの中《なか》を汝許《なんじばか》りが動《うご》いてゆく
黙《だま》ってすてきな早《はや》さで
見《み》て居《い》る内《うち》に通《とお》り過《す》ぎてしまう。

前《まえ》へ

大木《おおき》　実《みのる》

少年《しょうねん》の日読《ひよ》んだ「家《いえ》なき子《こ》」の物語《ものがたり》の結《むす》びは、
　こういう言葉《ことば》で終《おわ》っている。
——前《まえ》へ。
僕《ぼく》はこの言葉《ことば》が好《す》きだ。
物語《ものがたり》は終《おわ》っても、僕《ぼく》らの人生《じんせい》は終《おわ》らない。
僕《ぼく》らの人生《じんせい》の不幸《ふこう》は終《おわ》りがない。

希望《きぼう》を失《うしな》わず、つねに前《まえ》へ進《すす》んでいく、物語《ものがたり》のなかの少年《しょうねん》ルミよ。
僕《ぼく》はあの健気《けなげ》なルミが好《す》きだ。

辛《つら》いこと、厭《いや》なこと、哀《かな》しいことに、出会《であ》うたび、
僕《ぼく》は弱《よわ》い自分《じぶん》を励《はげ》ます。

——前《まえ》へ。

自分《じぶん》はいまこそ言《い》おう

山村暮鳥《やまむらぼちょう》

なんであんなにいそぐのだろう
どこまでゆこうとするのだろう
どこで此《こ》の道《みち》がつきるのだろう
此《こ》の生《せい》の一本《いっぽん》みちがどこかでつきたら
人間《にんげん》はそこでどうなるだろう
おお此《こ》の道《みち》はどこまでも人間《にんげん》とともにつきないのではないか

谿間《たにま》をながれる泉《いずみ》のように
自分《じぶん》はいまこそ言《い》おう
人生《じんせい》はのろさにあれ
のろのろと蝸牛《でで むし》のようであれ
そしてやすまず
一生《いっしょう》に二どと通《とお》らぬみちなのだからつつしんで
自分《じぶん》は行《い》こうと思《おも》うと

象《ぞう》

高村光太郎《たかむらこうたろう》

象《ぞう》はゆっくり歩《ある》いてゆく。
一度《いちど》ひっかかった矢来《やらい》の罠《わな》はもうごめんだ。
蟻《あり》の様《よう》に小《こ》うるさい人間《にんげん》どものずるさも相当《そうとう》なものだが、
何処《どこ》までずるいのかをたのしむつもりで
おれは材木《ざいもく》を運《はこ》んだり芸当《げいとう》をしたり
御意《ぎょい》のままになって居《い》てみたが、
この蟻《あり》どもは貪欲《どんよく》の天才《てんさい》で

歯《は》ぎしりしながら次《つぎ》から次《つぎ》へと兇器《きょうき》を作《つく》って同志《どうし》打《うち》したり
おれが一《いち》を果《はた》せば十《じゅう》を求《もと》める。
おれを飼《か》い馴《な》らしたつもりでいる
がまんのならない根性《こんじょう》にあきれ返《かえ》って
鎖《くさり》をきって出《で》て来《き》たのだ。
今《いま》に鉄砲《てっぽう》でもうつだろう。
時時耳《ときどきみみ》を羽《は》ばたきながらジャングルの樹《き》を押《お》し倒《たお》して
象《ぞう》はゆっくり歩《ある》いてゆく。

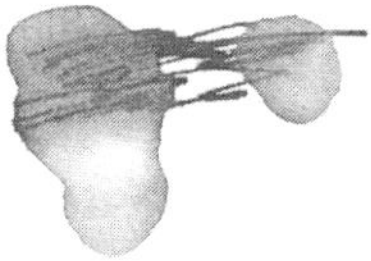

リンゴ

まど・みちお

リンゴを　ひとつ
ここに　おくと

リンゴの
この　大《おお》きさは
この　リンゴだけで
いっぱいだ

リンゴが　ひとつ
ここに　ある
ほかには
なんにも　ない

ああ　ここで
あることと
ないことが
まぶしいように
ぴったりだ

わたしが一番《いちばん》きれいだったとき

茨木《いばらぎ》のり子《こ》

わたしが一番《いちばん》きれいだったとき
街々《まちまち》はがらがら崩《くず》れていって
とんでもないところから
青空《あおぞら》なんかが見《み》えたりした

わたしが一番《いちばん》きれいだったとき
まわりの人達《ひとたち》が沢山《たくさん》死《し》んだ
工場《こうば》で　海《うみ》で　名《な》もない島《しま》で

わたしはおしゃれのきっかけを落《おと》してしまった

わたしが一番《いちばん》きれいだったとき
だれもやさしい贈物《おくりもの》を捧《ささ》げてはくれなかった
男《おとこ》たちは挙手《きょしゅ》の礼《れい》しか知《し》らなくて
きれいな眼差《まなざし》だけを残《のこ》し皆発《みなた》っていった

わたしが一番《いちばん》きれいだったとき
わたしの頭《あたま》はからっぽで
わたしの心《こころ》はかたくなで
手足《てあし》ばかりが栗色《くりいろ》に光《ひか》った

わたしが一番《いちばん》きれいだったとき
わたしの国《くに》は戦争《せんそう》で負《ま》けた
そんな馬鹿《ばか》なことってあるものか
ブラウスの腕《うで》をまくり卑屈《ひくつ》な町《まち》をのし歩《ある》いた

わたしが一番《いちばん》きれいだったとき
ラジオからはジャズが溢《あふ》れた
禁煙《きんえん》を破《やぶ》ったときのようにくらくらしながら
わたしは異国《いこく》の甘《あま》い音楽《おんがく》をむさぼった

わたしが一番《いちばん》きれいだったとき
わたしはとてもふしあわせ
わたしはとてもとんちんかん
わたしはめっぽうさびしかった

だから決《き》めた　できれば長生《ながい》きすることに
年《とし》とってから凄《すご》く美《うつく》しい絵《え》を描《か》いた
フランスのルオー爺《じい》さんのように
ね

滅私奉公《めっしほうこう》

吉野《よしの》　弘《ひろし》

この壊滅原理《かいめつげんり》が
何時《いつ》
廃墟《はいきょ》となった個《こ》に
なだれこむか知《し》れないのだ。
虚無《きょむ》の手《て》で
十二分《じゅうにぶん》に　なぶられた個《こ》が

身《み》ぶるいして立《た》ちあがるのは
この時《とき》だ。
この壊滅《かいめつ》の毒素《どくそ》の放《はな》つエネルギーが
時《とき》に
国《くに》を興《おこ》すことがある
と思《おも》われている。
おそろしいことだ。

用意《ようい》

石垣《いしがき》りん

それは凋落《ちょうらく》であろうか
百千《ひゃくせん》の樹木《じゅもく》がいっせいに満身《まんしん》の葉《は》を振《ふ》り落《お》とすあのさかんな行為《こうい》
太陽《たいよう》は澄《す》んだ瞳《ひとみ》を
身《み》も焦《こ》がさんばかりに灑《そそ》ぎ

風《かぜ》は枝《えだ》にすがってその衣《ころも》をはげと哭《な》く
そのとき、りんごは枝《えだ》もたわわにみのり
ぶどうの汁《しる》は、つぶらな実《み》もしたたるばかりの甘《あま》さに重《おも》くなるのだ

秋《あき》
ゆたかなるこの秋《あき》
誰《だれ》が何《なに》を惜《お》しみ、何《なに》を悲《かな》しむのか
私《わたし》は私《わたし》の持《も》つ一切《いっさい》をなげうって
大空《おおぞら》に手《て》をのべる
これが私《わたし》の意志《いし》、これが私《わたし》の願《ねが》いのすべて！

空《そら》は日毎《ひごと》に深《ふか》く、澄《す》み、光《ひか》り
私《わたし》はその底《そこ》ふかくつきささる一本《いっぽん》の樹木《じゅもく》となる

それは凋落《ちょうらく》であろうか、

いっせいに満身《まんしん》の葉《は》を振《ふ》り落《お》とす
あのさかんな行為《こうい》は――

私《わたし》はいまこそ自分《じぶん》のいのちを確信《かくしん》する
私《わたし》は身内《みうち》ふかく、遠《とお》い春《はる》を抱《だ》く
そして私《わたし》の表情《ひょうじょう》は静《しず》かに、冬《ふゆ》に向《む》かってひき緊《しま》る。

冬《ふゆ》が来《き》た

高村光太郎《たかむらこうたろう》

きっぱりと冬《ふゆ》が来《き》た
八《や》つ手《で》の白《しろ》い花《はな》も消《き》え
公孫樹《いちょう》の木《き》も箒《ほうき》になった

きりきりともみ込《こ》むような冬《ふゆ》が来《き》た
人《ひと》にいやがられる冬《ふゆ》
草木《くさき》に背《そむ》かれ、虫類《むしるい》に逃《に》げられる冬《ふゆ》が来《き》た

冬《ふゆ》よ
僕《ぼく》に来《こ》い、僕《ぼく》に来《こ》い
僕《ぼく》は冬《ふゆ》の力《ちから》、冬《ふゆ》は僕《ぼく》の餌食《えじき》だ

しみ透《とお》れ、つきぬけ
火事《かじ》を出《だ》せ、雪《ゆき》で埋《う》めろ
刃物《はもの》のような冬《ふゆ》が来《き》た

虹《にじ》

まど・みちお

ほんとうは
こんな　汚《よご》れた空《そら》に
出《で》て下《くだ》さるはずなど　ないのだった
もしも　ここに
汚《よご》した　ちょうほんにんの
人間《にんげん》だけしか住《す》んでいないのだったら

でも　ここには

何《なに》も知《し》らない　ほかの生《い》き物《もの》たちが
なんちょう　なんおく　暮《くら》している
どうして　こんなに汚《よご》れたのだろうと
いぶかしげに
自分《じぶん》たちの空《そら》を　見《み》あげながら

その　あどけない目《め》を
ほんの少《すこ》しでも　くもらせたくないために
ただ　それだけのために
虹《にじ》は　出《で》て下《くだ》さっているのだ
あんなにひっそりと　きょうも

鄙《ひな》ぶりの唄《うた》

茨木《いばらぎ》のり子《こ》

それぞれの土《つち》から
陽炎《かげろう》のように
ふっと匂《にお》い立《た》った旋律《せんりつ》がある
愛《あい》されてひとびとに
永《なが》くうたいつがれてきた民謡《みんよう》がある
なぜ国歌《こっか》など
ものものしくうたう必要《ひつよう》がありましょう
おおかたは侵略《しんりゃく》の血《ち》でよごれ

腹黒《はらぐろ》の過去《かこ》を隠《かく》しもちながら
口《くち》を拭《ぬぐ》って起立《きりつ》して
直立不動《ちょくりつふどう》でうたわなければならないか
聞《き》かなければならないか
　私《わたし》は立《た》たない　坐《すわ》っています

演奏《えんそう》なくてはさみしい時《とき》は
民謡《みんよう》こそがふさわしい
さくらさくら
草競馬《くさけいば》
アビニョンの橋《はし》で

ヴォルガの舟唄《ふなうた》
アリラン峠《とうげ》
ブンガワンソロ
それぞれの山《やま》や河《かわ》が薫《かお》りたち
野《の》に風《かぜ》は渡《わた》ってゆくでしょう
それならいっしょにハモります

〽ちょいと出《で》ました三角野郎《さんかくやろう》が
八木節《やぎぶし》もいいな
やけのやんぱち　鄙《ひな》ぶりの唄《うた》
われらのリズムにぴったしで

歌《うた》

中野《なかの》重治《しげはる》

おまえは歌《うた》うな
おまえは赤《あか》ままの花《はな》やとんぼの羽根《はね》を歌《うた》うな
風《かぜ》のささやきや女《おんな》の髪《かみ》の毛《け》の匂《にお》いを歌《うた》うな
すべてのひよわなもの
すべてのうそうそとしたもの
すべてのものうげなものを撥《はじ》き去《さ》れ
すべての風情《ふぜい》を擯斥《ひんせき》せよ

もっぱら正直《しょうじき》のところを
腹《はら》の足《た》しになるところを
胸《むな》さきを突《つ》きあげてくるぎりぎりのところを歌《うた》え
たたかれることによって弾《は》ねかえる歌《うた》を
恥辱《ちじょく》の底《そこ》から勇気《ゆうき》を汲《く》みくる歌《うた》を
それらの歌々《うたうた》を
咽喉《のど》をふくらまして厳《きび》しい韻律《いんりつ》に歌《うた》いあげよ
それらの歌々《うたうた》を
行《ゆ》く行《ゆ》く人《ひと》びとの胸郭《きょうかく》にたたきこめ

街《まち》

与謝野晶子《よさのあきこ》

遠《とお》い遠《とお》い処《ところ》へ来《き》て、
わたしは今《いま》へんな街《まち》を見《み》て居《い》る。
へんな街《まち》だ、兵隊《へいたい》が居《い》ない、
戦争《いくさ》をしようにも隣《となり》の国《くに》がない。
大学教授《だいがくきょうじゅ》が消防夫《しょうぼうふ》を兼《か》ねて居《い》る。
医者《いしゃ》が薬価《やっか》を取《と》らず、
あべこべに、病気《びょうき》に応《おう》じて、

保養中《ほようちゅう》の入費《にゅうひ》にと
国立銀行《こくりつぎんこう》の小切手《こぎって》を呉《く》れる。
悪事《あくじ》を探訪《たんぼう》する新聞記者《しんぶんきしゃ》が居《い》ない。
てんで悪事《あくじ》がないからなんだ。
大臣《だいじん》は居《い》ても官省《かんしょう》がない、
大臣《だいじん》は畑《はたけ》へ出《で》て居《い》る、
工場《こうじょう》へ勤《つと》めて居《い》る、
牧場《ぼくじょう》に働《はたら》いて居《い》る、
小説《しょうせつ》を作《つく》って居《い》る、絵《え》を描《か》いて居《い》る。
中《なか》には掃除車《そうじぐるま》の御者《ぎょしゃ》をしている者《もの》もある。
女《おんな》は皆余計《みなよけい》なおめかしをしない、

瀟洒《しょうしゃ》とした清《きよ》い美《び》を保《たも》って、
おしゃべりをしない、
愚痴《ぐち》と生意気《なまいき》を云《い》わない、
そして男《おとこ》と同《おな》じ職《しょく》を執《と》って居《い》る。
特《とく》に裁判官《さいばんかん》は女《おんな》の名誉職《めいよしょく》である。
勿論《もちろん》裁判所《さいばんしょ》は民事《みんじ》も刑事《けいじ》もない、
専《もっぱ》ら賞勲《しょうくん》の公平《こうへい》を司《つかさど》って、
弁護士《べんごし》には臨時《りんじ》に批評家《ひひょうか》がなる。
併《しか》し長々《ながなが》と無用《むよう》な弁《べん》を振《ふる》いはしない、
大抵《たいてい》は黙《だま》って居《い》る、
稀《まれ》に口《くち》を出《だ》しても簡潔《かんけつ》である。

それは裁決《さいけつ》を受《う》ける功労者《こうろうしゃ》の自白《じはく》が率直《そっちょく》だからだ、
同時《どうじ》に裁決《さいけつ》する女《おんな》が聡明《そうめい》だからだ。
また此街《このまち》には高利貸《こうりがし》がない、
寺《てら》がない、教会《きょうかい》がない、
探偵《たんてい》がない、
十種以上《しゅいじょう》の雑誌《ざっし》がない、
書生芝居《しょせいしばい》がない、
そのくせ、内閣会議《ないかくかいぎ》も、
結婚披露《けっこんひろう》も、葬式《そうしき》も、
文学会《ぶんがくかい》も、絵《え》の会《かい》も、
教育会《きょういくかい》も、国会《こっかい》も、

音楽会《おんがくかい》も、踊《おどり》も、
勿論《もちろん》名優《めいゆう》の芝居《しばい》も、
幾《いく》つかある大国立劇場《だいこくりつげきじょう》で催《もよお》して居《い》る。
全《まった》くへんな街《まち》だ、
わたしの自慢《じまん》の東京《とうきょう》と、
大《おお》ちがいの街《まち》だ。
遠《とお》い遠《とお》い処《ところ》へ来《き》て、
わたしは今《いま》へんな街《まち》を見《み》て居《い》る。

倚《よ》りかからず

茨木《いばらぎ》のり子《こ》

もはや
できあいの思想《しそう》には倚《よ》りかかりたくない
もはや
できあいの宗教《しゅうきょう》には倚《よ》りかかりたくない
もはや
できあいの学問《がくもん》には倚《よ》りかかりたくない
もはや
いかなる権威《けんい》にも倚《よ》りかかりたくはない

ながく生《い》きて
心底学《しんそこまな》んだのはそれぐらい
じぶんの耳目《じもく》
じぶんの二本足《にほんあし》のみで立《た》っていて
なに不都合《ふつごう》のことやある

倚《よ》りかかるとすれば
それは
椅子《いす》の背《せ》もたれだけ

紙風船《かみふうせん》

黒田《くろだ》三郎《さぶろう》

落《お》ちて来《き》たら
今度《こんど》は
もっと高《たか》く
もっともっと高《たか》く
何度《なんど》でも
打《う》ち上《あ》げよう

美《うつく》しい
願《ねが》いごとのように

かなしみ

谷川俊太郎《たにかわしゅんたろう》

あの青《あお》い空《そら》の波《なみ》の音《おと》が聞《きこ》えるあたりに
何《なに》かとんでもないおとし物《もの》を
僕《ぼく》はしてきてしまったらしい

透明《とうめい》な過去《かこ》の駅《えき》で
遺失物係《いしつぶつがかり》の前《まえ》に立《た》ったら
僕《ぼく》は余計《よけい》に悲《かな》しくなってしまった

芝生《しばふ》

谷川俊太郎《たにかわしゅんたろう》

そして私《わたし》はいつか
どこかから来《き》て
不意《ふい》にこの芝生《しばふ》の上《うえ》に立《た》っていた
なすべきことはすべて
私《わたし》の細胞《さいぼう》が記憶《きおく》していた
だから私《わたし》は人間《にんげん》の形《かたち》をし
幸《しあわ》せについて語《かた》りさえしたのだ

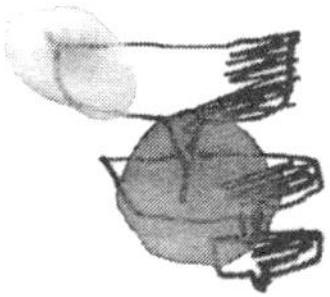

奈々子《ななこ》に

吉野《よしの》　弘《ひろし》

赤《あか》い林檎《りんご》の頰《ほお》をして
眠《ねむ》っている　奈々子《ななこ》。

お前《まえ》のお母《かあ》さんの頰《ほお》の赤《あか》さは
そっくり
奈々子《ななこ》の頰《ほお》にいってしまって
ひところのお母《かあ》さんの

つややかな頬《ほお》は少《すこ》し青《あお》ざめた
お父《とう》さんにも　ちょっと
酸《す》っぱい思《おも》いがふえた。

唐突《とうとつ》だが
奈々子《ななこ》
お父《とう》さんは　お前《まえ》に
多《おお》くを期《き》待《たい》しないだろう。
ひとが
ほかからの期《き》待《たい》に応《こた》えようとして
どんなに

自分《じぶん》を駄目《だめ》にしてしまうか
お父《とう》さんは　はっきり
知《し》ってしまったから。

お父《とう》さんが
お前《まえ》にあげたいものは
健康《けんこう》と
自分《じぶん》を愛《あい》する心《こころ》だ。

ひとが
ひとでなくなるのは

自分《じぶん》を愛《あい》することをやめるときだ。
自分《じぶん》を愛《あい》することをやめるとき
ひとは
他人《たにん》を愛《あい》することをやめ
世界《せかい》を見失《みうしな》ってしまう。

自分《じぶん》があるとき
他人《たにん》があり
世界《せかい》がある。

お父《とう》さんにも
お母《かあ》さんにも
酸《す》っぱい苦労《くろう》がふえた。

苦《く》労《ろう》は
今《いま》は
お前《まえ》にあげられない。

お前《まえ》にあげたいものは
香《かお》りのよい健康《けんこう》と
かちとるにむずかしく

はぐくむにむずかしい
自分《じぶん》を愛《あい》する心《こころ》だ。

作者紹介

石垣りん（いしがき・りん）東京生まれ。詩集に「表札など」「略歴」「空をかついで」、著書に「ユーモアの鎖国」など。

（一九二〇・二・二一—二〇〇四・一二・二六）


茨木のり子（いばらぎ・のりこ）本名三浦のり子。大阪生まれ。詩集に「見えない配達夫」「対話」「おんなのことば」「倚りかからず」など。

（一九二六・六・一二—二〇〇六・二・一七）


大木実（おおき・みのる）東京生まれ。詩集に「場末の子」「故郷」「初雪」「夜半の声」「大木実全詩集」など。

（一九一三・一二・一〇—一九九六・四・一七）


金子光晴（かねこ・みつはる）本名金子保和。愛知生まれ。詩集に「金子光晴詩集」「人間の悲劇」、その他「金子光晴全集」など。

（一八九五・一二・二五—一九七五・六・三〇）


川崎洋（かわさき・ひろし）東京生まれ。詩集に「川崎洋詩集」「ビスケットの空カン」「ほほえみにはほほえみ」など。

（一九三〇・一・二六—二〇〇四・一〇・二一）


国木田独歩（くにきだ・どっぽ）本名国木田哲夫。千葉生まれ。著書に「武蔵野」「牛肉と馬鈴薯」「酒中日記」「運命論者」など。

（一八七一・七・一五—一九〇八・六・二三）

黒田三郎（くろだ・さぶろう）広島生まれ。詩集に「ひとりの女に」「小さなユリと」、随筆集に「死と死の間」など。（一九一九・二・二六—一九八〇・一・八）

阪田寛夫（さかた・ひろお）大阪生まれ。詩集に「夕方のにおい」「わたしの動物園」「てんとうむし」、その他著書に「まどさんのうた」など。（一九二五・一〇・一八—二〇〇五・三・二二）

新川和江（しんかわ・かずえ）茨城生まれ。詩集に「比喩でなく」「新川和江詩集」「わたしを束ねないで」「星のおしごと」「夢のうちそと」など。（一九二九・四・二二—）

千家元麿（せんげ・もとまろ）東京生まれ。詩集に「自分は見た」「虹」「野天の光」「夜の河」「夏草」など。（一八八八・六・八—一九四八・三・一四）

高見順（たかみ・じゅん）本名高間芳雄。福井生まれ。詩集に「高見順詩集」「わが埋葬」「死の淵より」など。（一九〇七・一・三〇—一九六五・八・一七）

高村光太郎（たかむら・こうたろう）本名高村光（みつ）太郎。東京生まれ。詩集に「高村光太郎全詩集」「智恵子抄」、他「高村光太郎全集」など。（一八八三・三・一三—一九五六・四・二）

立原道造（たちはら・みちぞう）東京生まれ。詩集に「萱草に寄す」「暁と夕の詩」「立原道造全集」など。
（一九一四・七・三〇―一九三九・三・二九）

谷川俊太郎（たにかわ・しゅんたろう）東京生まれ。詩集に「二十億光年の孤独」「六十二のソネット」、翻訳に「マザーグースのうた」など著書多数。（一九三一・一二・一五―）

辻征夫（つじ・ゆきお）東京生まれ。詩集に「萌えいづる若葉に対峙して」「かぜのひきかた」「船出」、評論集に「かんたんな混沌」など。
（一九三九・八・一四―二〇〇〇・一・一四）

中野重治（なかの・しげはる）福井生まれ。詩集に「中野重治詩集」、著書に「むらぎも」「梨の花」「甲乙丙丁」など。
（一九〇二・一・二五―一九七九・八・二四）

まど・みちお　本名石田道雄。山口生まれ。詩集に「ぞうさん」「くまさん」「まど・みちお全詩集」「ぼくがここに」など。
（一九〇九・一一・一六―二〇一四・二・二八）

宮沢賢治（みやざわ・けんじ）岩手生まれ。童話に「銀河鉄道の夜」「風の又三郎」、詩集に「春と修羅」「宮沢賢治詩集」など。
（一八九六・八・二七―一九三三・九・二一）

三好達治（みよし・たつじ）大阪生まれ。詩集に「測量船」「定本三好達治全詩集」「南窗集」「一点鐘」「寒柝」など。
（一九〇〇・八・二三—一九六四・四・五）

村野四郎（むらの・しろう）東京生まれ。詩集に「体操詩集」「亡羊記」「抒情飛行」「予感」「実在の岸辺」など。
（一九〇一・一〇・七—一九七五・三・二）

八木重吉（やぎ・じゅうきち）東京生まれ。詩集に「秋の瞳」「貧しき信徒」「八木重吉全集」など。
（一八九八・二・九—一九二七・一〇・二六）

山村暮鳥（やまむら・ぼちょう）本名土田八九十。群馬生まれ。詩集に「三人の処女」「風は草木にささやいた」「梢の巣にて」など。
（一八八四・一・一〇—一九二四・一二・八）

与謝野晶子（よさの・あきこ）本名与謝野しよう。大阪生まれ。歌集に「みだれ髪」、他「新訳源氏物語」「定本与謝野晶子全集」など。
（一八七八・一二・七—一九四二・五・二九）

吉野弘（よしの・ひろし）山形生まれ。詩集に「消息」「幻・方法」「感傷旅行」「北入曽」「風が吹くと」、評論集に「詩への通路」「遊動視点」など。（一九二六・一・一六—二〇一四・一・一五）

象（高村光太郎）「現代詩集第一巻」河出書房1939年
リンゴ（まど・みちお）「まめつぶうた」理論社1973年
わたしが一番きれいだったとき（茨木のり子）「見えない配達夫」
飯塚書店1958年
滅私奉公（吉野弘）「消息」自費出版1957年
用意（石垣りん）「私の前にある鍋とお釜と燃える火と」
書肆ユリイカ1959年
冬が来た（高村光太郎）「道程」抒情詩社（自費出版）1914年
虹（まど・みちお）「まど・みちお少年詩集いいけしき」理論社1981年
鄙ぶりの唄（茨木のり子）「倚りかからず」筑摩書房1999年
歌（中野重治）「中野重治詩集」ナウカ社1935年
街（与謝野晶子）「さくら草」東雲堂書店1915年
倚りかからず（茨木のり子）「倚りかからず」筑摩書房1999年
紙風船（黒田三郎）「もっと高く」思潮社1964年
かなしみ（谷川俊太郎）「二十億光年の孤独」東京創元社1952年
芝生（谷川俊太郎）「夜中に台所でぼくはきみに話しかけたかった」
青土社1975年
奈々子に（吉野弘）「消息」自費出版1957年

初出一覧

道程（高村光太郎）「道程」抒情詩社（自費出版）1914年
二十億光年の孤独(谷川俊太郎)「二十億光年の孤独」東京創元社1952年
山林に自由存す（国木田独歩）「抒情詩」民友社1897年
六月（茨木のり子）「見えない配達夫」飯塚書店1958年
雲の信号（宮沢賢治）「春と修羅」関根書店1924年
花（村野四郎）「遠いこえ近いこえ」かど創房1994年
素朴な琴（八木重吉）「貧しき信徒」
野菊社（加藤武雄の自費による）1928年
ひとり林に……（立原道造）「立原道造全集第一巻詩集」
山本書店1941年
われは草なり（高見順）「重量喪失」求龍堂1967年
うさぎ（まど・みちお）「ぞうさん」国土社1975年
生きる(谷川俊太郎)「うつむく青年」山梨シルクセンター出版部1971年
春の問題（辻征夫）「隅田川まで」思潮社1977年
帰郷（谷川俊太郎）「谷川俊太郎詩集　続」思潮社1979年
初節句（大木実）「初雪」桜井書店1946年
雪（三好達治）「測量船」第一書房1930年
父（吉野弘）「消息」自費出版1957年
儀式（石垣りん）「略歴」花神社1979年
生命は（吉野弘）「北入曽」青土社1977年
僕はまるでちがって（黒田三郎）「ひとりの女に」昭森社1954年
葉月（阪田寛夫）「詩集わたしの動物園」牧羊社1977年
ふゆのさくら（新川和江）「比喩でなく」地球社1968年
夕方の三十分（黒田三郎）「小さなユリと」昭森社1960年
森の若葉（金子光晴）「若葉のうた」勁草書房1967年
ほほえみ（川崎洋）「象」思潮社1976年
人間に与える詩（山村暮鳥）「風は草木にささやいた」白日社1918年
雁（千家元麿）「自分は見た」玄文社1918年
前へ（大木実）「冬の仕度」潮流社1971年
自分はいまこそ言おう（山村暮鳥）「風は草木にささやいた」
白日社1918年

本詩集の表記は、今の読者に読みやすくすることを考えて、漢字にはふりがなをふり、新かなづかいにかえたことを、おことわりしておきます。

童話屋の本は
お近くの書店でお買い求めいただけます。
弊社へ直接ご注文される場合は
電話・FAXなどでお申し込みください。
電話 03-5305-3391　FAX 03-5305-3392

ポケット詩集II

二〇〇一年一〇月一九日初版発行©
二〇二三年八月一〇日第二五刷発行
編者　田中和雄
発行者　岡　充孝
発行所　株式会社　童話屋
〒166-0016　東京都杉並区成田西二―五―八
電話〇三―五三〇五―三三九一
製版・印刷・製本　瞬報社写真印刷株式会社
NDC九一一・一六〇頁・一五センチ
落丁・乱丁本はおとりかえいたします。
ISBN978-4-88747-024-8